紅樓夢第二十三回

西厢記妙詞通戲語　牡丹亭豔曲警芳心

話說賈元春自那日幸大觀園回宮去後便命將那日所有的題咏命探春依次抄錄妥協自巳編次叙其優劣又命在大觀園勒石爲千古風流雅事因此賈政命人各處選拔精工名匠大觀園磨石鐫字賈珍率領賈蓉賈萍等監工因賈薔又管理着文官等十二個女戲子並行頭等事不得空閑因此又將賈菖賈菱喚來監工一日湯蠟釘硃動起手來這也不在話下且說那個玉皇廟並達摩菴兩處一班的十二個小沙彌並十二個小道士如今挪出大觀園來賈政正想發到各廟去分住不

想後街上住的賈芹之母周氏正打算到賈政這邊謀一個大小事件與兒子管管也好弄些銀錢使用可巧聽見這邊有事便坐車來求鳳姐鳳姐因見他素日不大拿班做勢的便依允了想了幾何話便回王夫人說這些小和尚道士萬不可打發到別處去一時娘娘出來就要應承的倘或散了若再用時可又費事依我的主意不如將他們都送到家廟鐵檻寺去月間不過派一個人拿幾兩銀子去買柴米就是了說聲用走去叫一聲就來一點兒不費事王夫人聽了便商之於賈政賈政聽了笑道倒是提醒了我就是這樣卽時喚賈璉賈璉正同鳳姐吃飯一聞呼喚放下飯便走鳳姐一把拉住笑道你且站住聽

我說話若是別的事我不管若是爲小和尚小道士們的那事好歹依我這麼着如此這般教了一套話賈璉笑道我不知道你有本事你說去鳳姐聽說把頭一梗把快子一放腮上帶笑不笑的掀着賈璉道你當真還是頑話兒賈璉笑道西廊下五嫂子的兒子芸兒來求了我兩三遭要件事管管我應了叫他等着好容易出來這件事你又奪了去鳳姐兒笑道你放心園子東北角上娘娘說了還叫多多的種松柏樹樓底下還叫種些花草等這件事出來我包管叫芸兒管這工程賈璉道果然這樣也倒罷了只昨只是旺兒晚上我不過是要改個樣兒你就扭手扭脚的鳳姐聽了嗤的一聲笑了向賈璉啐了一口低

下頭便吃飯賈璉一逕笑着去了走到前面見了賈政果然是爲小和尚的事賈璉便依了鳳姐的主意說道看來芹兒到大大的出息了這件事竟交與他去管辦横竪照在裡頭的規例每日叫芹兒支領就是了賈政原不大理論這些小事聽賈璉如此說便依允了賈璉回至房中告訴鳳姐鳳姐即命人去告訴周氏賈芹便來見賈璉夫妻感謝不盡鳳姐又做情先支三個月的費用叫他寫了領字賈璉批票畫了押登時發了對牌出去銀庫上按數發出三個月的供給來白花花三百兩賈芹隨手拈了一塊與掌平的人叫他們吃了茶罷于是命小廝拿了回家與母親商議登時僱個脚驢自巳騎又僱幾輛車子至

榮國府角門前喚出二十四個人來坐上車子一徑往城外鐵檻寺去了當下無話如今且說賈元春在宮中編大觀園題咏之後忽想起那園中的景致自從幸過之後賈政必定敬謹封鎖不叫人進去豈不孤負此園况家中現有幾個能詩會賦的姊妹們何不命他們進去居住也不使佳人落魄花柳無顏却又想寶玉自幼在姊妹叢中長大不比別的兄弟若不命他進去又怕冷落了他恐賈母王夫人心上不喜須得也命他進去居住方妥命太監夏忠到榮府下一道諭命寶釵等在園中居住不可封錮命寶玉也隨進去讀書賈政王夫人接了諭命夏忠去後便回明賈母遣人進去各處收拾打掃安設簾幔床帳

別人聽了還猶自可惟寶玉喜之不勝正和賈母盤算要這個要那個忽見丫鬟來說老爺叫寶玉寶玉呆了半晌登時掃了興臉上轉了色便拉着賈母扭的扭股兒糖似的死也不敢去賈母只得安慰他道好寶貝你只管去有我呢他不敢委曲了你况你做了這篇好文章想是娘娘叫你進園去住他吩咐你幾句話不過是怕你在裡頭淘氣他說什麼你只好生答應着就是了一面安慰一面喚了兩個老嬤嬤來吩咐好生帶了寶玉去別叫他老子唬着他老嬤嬤答應了寶玉只得前去一步挪不了三寸蹭到這邊來可巧賈政在王夫人房中商議事情金釧兒彩雲彩鳳繡鸞繡鳳等衆丫鬟都廊簷下站着呢一見

寶玉來都抿着嘴兒笑他金釧一把拉着寶玉悄悄的說道我這嘴上是纔擦的香漬的胭脂你這會子可吃不吃了彩雲一把推開金釧笑道人家心裡正不自在你還要奚落他趁這會子喜歡快進去罷寶玉只得挨門進去原來賈政和王夫人都在裏間呢趙姨娘打起簾子寶玉挨身而入只見賈政和王夫人對坐在炕上說話地下一溜椅子迎春探春惜春賈環四人都坐在那裡一見他進來惟有探春惜春和賈環站了起來賈政一舉目見寶玉站在跟前神彩飄逸秀色奪人又看見賈環人物委瑣舉止粗糙忽又想起賈珠來再看看王夫人只有這一個親生的兒子素愛如珍自己的鬍鬚將已蒼白因這幾件

上把平日嫌惡寶玉之心不覺減了八九分半晌說道娘娘吩咐你說日日在外遊嬉漸次踈懶如今叫禁管你同姐妹們在園裡讀書你可好生用心學習再不守分安常你可仔細寶玉連連答應了幾個是王夫人便拉他在身邊坐下他姊弟三人依舊坐下王夫人摸索着寶玉的脖項說道前兒的丸藥都吃完了沒有寶玉答應道還有一丸王夫人說明早再取十丸來天天臨睡時候叫襲人伏侍你吃了再睡寶玉道自從太太吩咐了襲人天天臨睡打發我吃的賈政便問道誰叫襲人王夫人道是個丫頭賈政道丫頭不拘叫個什麼罷了是誰起這樣刁鑽的名字王夫人見賈政不自在了便替寶玉掩飾道是老

太太起的賈政道老太太如何曉得這樣的話一定是寶玉寶玉見瞞不過只得起身回道因素日讀詩曾記古人有句詩云花氣襲人知晝暖因這丫頭姓花便隨意起的王夫人忙向寶玉說道你回去改了罷老爺也不用爲這小事生氣賈政道其實也無妨碍不用改只可見寶玉不務正專在這些濃詞艷詩上做工夫說畢斷喝了一聲作孽的畜生還不出去王夫人也忙道去罷去罷怕老太太等吃飯呢寶玉答應了慢慢的退出去向金釧兒笑着伸伸舌頭帶着兩個老嬷嬷一溜煙去了剛至穿堂門前只見襲人倚門而立見寶玉平安回來堆下笑來問道叫你做什麼寶玉告訴沒有甚麼不過怕我進園淘氣吩咐吩咐一面說一面回至賈母跟前回明原委只見林黛玉正在那裡寶玉便問他你住在那一處好黛玉正盤算這事忽見寶玉一問便笑道我心裡想着瀟湘館好我愛那幾竿竹子隱着一道曲欄比別處幽靜寶玉聽了拍手笑道正合我的主意我也要叫你那裡去住我就住怡紅院咱們兩個又近又都清幽二人正計議就有賈政遣人來回賈母說二月二十二日是好日子哥兒姐兒們好搬進去的這幾日內遣人進去分派收拾薛寶釵住了蘅蕪苑林黛玉住了瀟湘館賈迎春住了綴錦樓探春住了秋掩書齋惜春住了蓼風軒李氏住了稻香村寶玉住怡紅院每一處添兩個老嬷嬷四個丫頭除各人奶娘親隨

丫頭外另有專管收拾打掃的至二十二日一齊進去登時園內花招綉帶柳拂香風不似前番那等寂寞了閒言少叙且說寶玉自進園來心滿意足再無別項可生貪求之心每日只和姊妹丫鬟們一處或讀書或寫字或弹琴下棋作畫吟詩以至描鸞刺鳳鬪草簪花低吟悄唱拆字猜枚無所不至倒也十分快意他曾有幾首四時即事詩雖不筭好却是真情真景

春夜即事云

霞綃雲幄任鋪陳　隔巷蛙聲聽未真
枕上輕寒窻外雨　眼前春色夢中人
盈盈燭淚因誰泣　點點花愁為我嗔
自是小鬟嬌懶慣　擁衾不耐笑言頻

夏夜即事云

倦繡佳人幽夢長　金籠鸚鵡喚茶湯
窻明麝月開宮鏡　室靄檀雲品御香
琥珀杯傾荷露滑　玻璃檻納柳風涼
水亭處處齊紈動　簾捲朱樓罷晚粧

秋夜即事云

絳雲軒裡絕喧嘩　桂魄流光浸茜紗
苔鎖石紋容睡鶴　井飄桐露濕棲鴉
抱衾婢至舒金鳳　倚檻人歸落翠花

靜夜不眠因酒渴　沉烟重撥索烹茶

冬夜即事云

梅魂竹夢已三更　錦罽鷫衾睡未成
松影一庭惟見鶴　梨花滿地不聞鶯
女奴翠袖詩懷冷　公子金貂酒力輕
却喜侍兒知試茗　掃將新雪及時烹

不說寶玉閒吟且說這幾首詩當時有一等勢利人見是榮國府十二三歲的公子做的抄錄出來各處稱頌再有等輕薄子弟愛上那風流妖艷之句也寫着扇頭壁上不時吟哦賞讚因此上竟有人來尋詩覓字倩畫求題的寶玉一發得意每日家做這些外務誰想靜中生動忽一日不自在起來這也不好那也不好出來進去只是悶悶的園中那些女孩子正是混沌世界天真爛熳之時坐卧不避嬉笑無心那裡知寶玉此時的心事那寶玉心內不自在便懶在園內只在外頭鬼混却又痴痴的茗烟見他這樣因想與他開心左思右想皆是寶玉頑煩了的只有這件寶玉不曾看見過想畢便走到書坊內把那古今小說並那飛燕合德武則天楊貴妃的外傳與那傳奇角本買了許多來引寶玉寶玉一看如得珍寶茗烟又囑咐道不可拿進園去若叫人知道了我就吃不了兜着走呢寶玉那裡肯不拿進去踟躕再四單把那文理雅道些的揀了幾套進去放在

滿口雖香完了却只管出神心內還默默記誦寶玉笑道妹妹
你說好不好林黛玉笑道果然有趣寶玉笑道我就是個多愁
多病的身你就是那傾國傾城的貌林黛玉聽了不覺帶腮連
耳通紅登時豎起兩道似蹙非蹙的眉瞪了兩隻似睜非睜的
眼桃腮帶怒薄面含嗔指着寶玉道你這該死的胡說好好的
把這淫詞艷曲弄了來說這些混賬話來欺負我我告訴舅舅
舅母去說到欺負二字就把眼圈兒紅了轉身就走寶玉着了
忙向前攔住道好妹妹千萬饒我這一遭原是我說錯了若有
心欺負你明兒我掉在池子裡叫個癩頭黿吃了去變個大忘
八等你明兒做了一品夫人病老歸西的時候我往你墳上替

你駝一輩子碑去說的林黛玉撲嗤的一聲笑了一面揉着眼
一面笑道一般唬的這個調兒還只管胡說呸原來也是個銀
樣蠟鎗頭寶玉聽了笑道你說說你這個呢我也告訴去林黛
玉笑道你說你會過目成誦難道我就不能一目十行麼寶玉
一面收書一面笑道正經快把花埋了罷別提那個了二人便
收拾落花正纔掩埋妥協只見襲人走來說道那裡沒找到摸
在這裡來那邊大老爺身上不好姑娘們都過去請安老太太
叫打發你去呢快回去換衣服寶玉聽了忙拿了書別了黛
玉同襲人回房換衣不提這裡林黛玉見寶玉去了聽見眾姐
妹也不在房中自己悶悶的正欲回房剛走到梨香院墻角外

只聽見墻內笛韻悠揚歌聲婉轉林黛玉便知是那十二個女子演習戲文雖未留心去聽偶然兩句吹到耳內明明白白一字不落道原來是姹紫嫣紅開遍似這般都付與斷井頹垣林黛玉聽了倒也十分感慨纏綿便止步側耳細聽又唱道是良辰美景奈何天賞心樂事誰家院聽了這兩句不覺點頭自歎心下自思原來戲上也有好文章可惜世人只知看戲未必能領畧其中的趣味想畢又後悔不該胡想躭悞了聽曲子再聽時恰唱到只為你如花美眷似水流年黛玉聽了這兩句不覺心動神搖又聽道你在幽閨自憐等句越發如醉如痴站立不住便一蹲身坐在一塊山子石上細嚼如花美眷似水流年八

個字的滋味忽又想起前日見古人詩中有水流花謝兩無情之句再詞中又有流水落花春去也天上人間之句又兼方纔所見西廂記中花落水流紅閑愁萬種之句都一時想起來湊聚在一處仔細忖度不覺心痛神馳眼中落淚正沒個開交忽覺背後有人擊他一下及回頭看時原來是個女子未知是誰下回分解

紅樓夢第二十三回終

紅樓夢第二十四回

醉金剛輕財尚義俠　痴女兒遺帕惹相思

話說林黛玉正在情思縈逗纏綿固結之時忽有人從背後擊了他一下說道你做什麼一個人在這裡林黛玉唬了一跳回頭看時不是別人却是香菱林黛玉道你這個傻丫頭唬我一跳你這會子打那裡來香菱嘻嘻的笑道我來尋我們姑娘的總找不着他你們紫鵑也找你呢說璉二奶奶送了什麼茶葉來給你的回家去坐着罷一面說一面拉着黛玉的手回瀟湘館來果然鳳姐送了兩小瓶上用新茶來林黛玉和香菱坐了談講些這一個綉的好那一個刺的精又下一回棋看兩句書

香菱便走了不在話下如今且說寶玉因被襲人找回房去只見鴛鴦歪在床上看襲人的鍼線呢見寶玉來了便說道你往那裡去了老太太等着你呢叫你過那邊請大老爺安去還不快去換了衣服走呢襲人便進房去取衣服寶玉坐在床沿上褪了鞋等靴子穿的工夫回頭見鴛鴦穿着水紅綾子袄兒青緞子背心束着白縐紬汗巾兒臉向那邊低着頭看鍼線脖子上帶着扎花領子寶玉便把臉奏在脖項上聞那香氣不住用手摩挲其白膩不在襲人以下便猴上身去涎臉笑道好姐姐把你嘴上的胭脂賞我吃了罷一面說一面扭股糖似的粘在身上鴛鴦便叫道襲人你出來瞧瞧你跟他一輩子也不勸勸

他還是這麼着襲人抱了衣服出來向寶玉道左勸也不改右勸也不改你倒是怎麼樣你再這麼着這個地方可也就難住了一邊說一邊催他穿衣服同鴛鴦往前面來見過賈母出至外面人馬俱已齊備剛欲上馬只見賈璉請安回來正下馬二人對面彼此問了兩句話只見旁邊轉出一個人來請寶叔安寶玉看時只見這人生的容長臉長挑身材年紀只有十八九歲生得着實斯文清秀倒也十分面善只是想不起是那一房的叫什麼名字賈璉笑道你怎麼發獃連他也不認得他是後廊上住的五嫂子的兒子芸兒寶玉笑道是了是了我怎麼就忘了因問他母親好這會子什麼勾當賈芸指賈璉道找二叔

說句話寶玉笑道你倒比先越發出跳了倒像我的兒子賈璉笑道好不害臊人家比你大四五歲呢就給你做兒子了寶玉笑道你今年十幾歲賈芸道十八了原來這賈芸最伶俐乖巧的聽寶玉說像他的兒子便笑道俗語說的好搖車兒裡的爺爺拄拐棍兒的孫子雖然年紀大山高遮不住太陽只從我父親死了這幾年也沒人照管若寶叔不嫌姪兒蠢認做兒子就是姪兒的造化了賈璉笑道你聽見了認了兒子不是好開交的說着就進去了寶玉笑道明兒你閒了只管來找我別和他們鬼鬼祟祟的這會子我不得閒兒明日你到書房裡來和你說天話兒我帶你園裡頑去說着扳鞍上馬衆小廝隨往賈赦

這邊來見了賈赦不過是偶感些風寒先述了賈母問的話然後自已請了安賈赦先站起來回了賈母問的話便喚人來帶進哥兒去太太屋裡坐着寶玉退出來至後面到上房邢夫人見了先站了起來請過賈母的安寶玉方請安邢夫人拉他上炕坐了方問別人又命人倒茶茶未吃完只見賈琮來問寶玉好邢夫人道那裡找活猴兒去你那奶媽子死絕了也不收拾收拾弄得你黑眉烏嘴的那裡還像個大家子念書的孩子正說着只見賈環賈蘭小叔姪兩個也來請安邢夫人叫他兩個在椅子上坐着賈環見寶玉同邢夫人坐在一個坐褥上邢夫人又百般摸索撫弄他早已心中不自在了坐不多時便向賈

蘭使個眼色兒要走賈蘭只得依他一同起身告辭寶玉見他們起身也就要一同回去邢夫人笑道你且坐着我還和你說話寶玉只得坐了邢夫人向他兩個道你們回去各人替我問各人母親好罷你們姑娘姐妹們都在這裡呢鬧的我頭暈今兒不留你們吃飯了賈環等答應着便出去了寶玉笑道可是姐姐們都過來了怎麼不見邢夫人道他們坐了一會子都往後頭不知那屋裡去了寶玉說大娘說有話說不知是什麼話邢夫人笑道那裡什麼話不過叫你等着同姐妹們吃了飯去還有一個好頑的東西給你帶回去頑兒娘兒兩個說着不覺又晚飯時候請過眾位姑娘們來調開桌椅羅列杯盤母女姊妹

們吃畢了飯寶玉辭別賈赦同衆姊妹回家見過賈母王夫人等各自回房安歇不在話下且說賈芸進去見了賈璉因打聽可有什麽事情賈璉告訴他說前兒倒有一件事情出來偏生你嬸娘再三求了我給了賈芹了他許我說明兒園裡還有幾處要栽花木的地方等這個工程出來一定給你就是了那賈芸聽了半晌說道既是這樣我就等着罷叔叔也不必先在嬸娘跟前提我今兒來打聽的話到跟前再說也不遲賈璉道提他做什麽我那裡有這工夫說閒話呢明日還要到興邑去走一走必須當日趕回來方好你先去等着後日起更以後你來討信早了我不得閒說着便向後面換衣服去了賈芸出了榮

國府回家一路思量想出一個主意來便一逕往他母舅卜世仁家來原來卜世仁現開香料鋪方纔從鋪子裡回來一見賈芸便問爲什麽事來賈芸道有件事求舅舅幫襯要用冰片麝香好歹舅舅每樣賒四兩給我八月節按數送了銀子來卜世仁冷笑道再休提賒欠一事前日也是我們鋪子裡一個夥計替他的親戚賒了幾兩銀子的貨至今總未還上因此我們大家賠上立了合同再不許替親友賒欠誰要犯了就罰他二十兩銀子的東道况且如今這個貨也短你就拿現銀子到我們這小鋪子裡來買也還沒有這些只好倒扁兒去這是一件二則你那裡有正經事不過賒了去又是胡鬧你只說舅舅見你

一遭兒就泒你一遭兒不是你小人家狠不知好歹也要立個主意賺幾個錢弄弄穿的吃的我看着也喜歡賈芸笑道舅舅說得有理但我父親沒的時節我年紀又小不知事體後來聽我母親說都還虧舅舅們在我們家去出主意料理的喪事難道舅舅是不知道的還是有一畝地兩間房子在我手裏花了不成巧媳婦做不出沒米的飯來叫我怎麼樣呢還虧是我呢要是別個死皮賴臉的三日兩頭兒來纏舅舅要三升米二升豆子的舅舅也就沒有法兒呢卜世仁道我的兒舅舅要有還不是該的我天天和你舅母說只愁你沒個筭計你但凡立得起來到你大房裏就是他們爺兒們見不着便下個氣和他們

的管家或者管事的人們嬉和嬉和也弄個事兒管管前兒我出城去撞見你三房裏的老四騎着大叫驢帶着四五輛車有四五十和尚道士往家廟裏去了他那不虧能幹就有這樣的事到他了賈芸聽了勞叨的不堪便起身告辭卜世仁道怎麼急的這樣吃了飯去罷一句話尚未說完只見他娘子說道你又糊塗了說着沒有米這裏買了半斤麵來下給你吃這會子還粧胖呢留下外甥挨餓不成卜世仁道再買半斤來添上就是了他娘子便叫女兒銀姐往對門王奶奶家去問有錢借二三十個明日就送來還的夫妻兩個說話那賈芸早說了幾個不用費事去的無影無蹤了不言卜家夫婦且說賈芸賭氣離

了母舅家門一徑回來心下正自煩惱一邊想一邊走低着頭不想一頭就碰在一個醉漢身上把賈芸一把拉住罵道你瞎了眼碰起我來了賈芸聽聲音像是熟人仔細一看原來是緊隣倪二這倪二是個潑皮專放重利債在賭博場吃飯專愛喝酒打架此時正從欠錢人家索債歸來已在醉鄉不料賈芸碰了他就要動手賈芸叫道老二住手是我冲撞了你倪二一聽他的語音將醉眼睁開一看見是賈芸忙鬆了手趔趄着笑道原來是賈二爺這會子那裡去賈芸道告訴不得你平白的又討了個沒趣兒倪二道不妨有什麼不平的事告訴我我替你出氣這三街六巷憑他是誰若得罪了我醉金剛倪二的街鄰

管叫他人離家散賈芸道老二你別生氣聽我告訴你這緣故便把卜世仁一段事告訴了倪二倪二聽了大怒道要不是二爺的親戚我便罵出來真正氣死我也罷你也不必愁我這裡現有幾兩銀子你要用只管拿去我們好街坊這銀子是不要利錢的一頭說一頭從搭包內掏出一包銀子來賈芸心下自思倪二素日雖然是潑皮却也因人而施頗有義俠之名若今日不領他這情怕他臊了倒恐不美不如用了他的改日加倍還他就是了因笑道老二你果然是個好漢既蒙高情怎敢不領回家照例寫了文約送過來便了倪二大笑道這不過是十五兩三錢銀子你若要寫文契我就不借了賈芸聽了一面接

銀子一面笑道我便遵命罷了何必着急倪二笑道這纔是了天氣黑了也不讓茶讓酒我還有點事情到那邊去你竟請回我還求你帶個信兒與我們家叫他們閉門睡罷我不回家去倘或有事叫我們女孩兒明兒一早到馬販子王短腿家找我一面說一面趔趄着腳兒去了不在話下且說賈芸偶然碰了這件事心下也十分稀罕想那倪二倒果然有些意思只是怕他一時醉中慷慨到明日加倍要來便怎麼處忽又想道不妨等那件事成了可也加倍還的起他因走到一個錢鋪內將那銀子稱一稱分兩不錯心上越發歡喜到家先將倪二的話捎與他娘子方回家來見他母親自在炕上拈線見他進來便問那裡去了一天賈芸恐他母親生氣便不提卜世仁的事來只

說在西府裡等璉二叔的問他母親吃了飯不曾他母親說吃了還留飯在那裡叫小丫頭拿過來與他吃那天已是掌燈時候賈芸吃了飯收拾安歇一宿無話次日一早起來洗了臉便出南門大街在香鋪買了香麝便往榮府來打聽賈璉出了門賈芸便往後面來到賈璉院門前只見幾個小廝拿着大高的笤帚在那裡掃院子呢忽見周瑞家的從門裡出來叫小廝們先別掃奶奶出來了賈芸忙上去笑道二嬸娘那裡去周瑞家的道老太太叫想必是裁什麼尺頭正說着只見一羣人簇擁着鳳姐出來了賈芸深知鳳姐是喜奉承愛排場的忙把手逼

要告訴給他事情晉的話一想又恐被他看輕了只說得了這點兒香料便混許他管事了因又止住且把派他種花木工程的事都一字不提隨口說了幾句淡話便往賈母房裡去了賈芸也不好提的只得回來因昨日見了寶玉叫他到外書房等着故此吃了飯便又進來到賈母那邊儀門外綺散齋書房裡來只見茗烟改名焙茗的并鋤藥兩個小厮下象棋爲奪車正拌嘴呢還有引泉掃花挑雲伴鶴四五個在房簷下掏小雀兒頑賈芸進入院內把脚一跺說道猴兒們淘氣我來了衆小厮看見了他都纔散去賈芸進書房內便坐在椅子上問寶二爺下來沒有焙茗道今日總沒下來二爺說什麼我替你哨探哨

探去說着便出去了這裡賈芸便看字畫古玩有一頓飯工夫還不見來再看看別的小子都頑去了正在煩悶只聽門前嬌音嫩語的叫了一聲哥哥賈芸往外瞧時只見是一個十五六歲的丫頭生的倒也十分精細干净那丫頭見了賈芸便抽身躲了恰值焙茗走來見那丫頭在門前便說道好好正抓不着個信兒賈芸見了焙茗也就赶出來問怎麼樣焙茗道等了這一日也沒個人兒過來這就是寶二爺房裡的因說道好姑娘你進去帶個信兒就說廊上二爺來了那丫頭聽見方知是本家的爺們便不似從前那等廻避下死眼把賈芸釘了兩眼聽那賈芸說道什麼廊上廊下的你只說芸兒就是了半晌那丫

頭冷笑道依我說二爺且請囘去罷明日再來今兒晚上得空兒我囘一聲焙茗道這是怎麽說那丫頭道他今兒也沒睡中覺自然吃的晚飯早晚上又不下來難道只是要二爺在這裡等着挨餓不成不如家去明兒來是正經就便囘來有人帶信不過口裡答應着他肯給帶到嗎賈芸聽這丫頭的話簡便俏麗待要問他名字因是寶玉房裡的又不便問只得說道這話倒是我明日再來說着便往外去了焙茗道我倒茶去二爺吃茶再去賈芸一面走一面囘頭說不吃茶我還有事呢口裡說話眼睛瞧那丫頭還站在那裡呢那賈芸一徑囘來至次日來至大門前可巧遇見鳳姐往那邊去請安纔上了車見賈芸來

便命人喚住隔窗子笑道芸兒你竟有膽子在我跟前弄鬼怪道你送東西給我原來你有事求我昨日你叔叔纔告訴我說你求他賈芸笑道求叔叔的事嬸娘休提我這裡正後悔呢早知這樣我一起頭就求嬸娘這會子也早完了誰承望叔叔竟不能的鳳姐笑道怪道你那裡沒成兒昨日又來尋我賈芸道嬸娘辜負了我的孝心我並沒有這個意思若有這意昨兒還不求嬸娘如今嬸娘既知道了我倒要把叔叔丟下少不得求嬸娘好歹疼我一點兒鳳姐冷笑道你們要揀遠路兒走叫我也難早告訴我一聲兒什麽不成了多大點兒事就悞到這會子那園子裡還要種樹種花我只想不出個人來早說不早完

了賈芸笑道這樣明日嬸娘就派我罷鳳姐半晌道這個我看着不大好等明年正月裡的烟火燈燭那個大宗兒下來再派你罷賈芸道好嬸娘先把這個派了我罷果然這件辦的好再派我那件鳳姐笑道你倒會拉長線兒罷了若不是你叔叔說我不管你的事我不過吃了飯就過來你到午錯時候來領銀子後日就進去種花說着命人駕起香車徑去了賈芸喜不自禁來至綺散齋打聽寶玉誰知寶玉一早便往北靜王府裡去了賈芸便呆呆的坐到晌午打聽鳳姐回來便寫個領票來領對牌至院外命人通報了彩明走了出來单要了領票進去批了銀數年月一並連對牌交與賈芸賈芸接看那批上批着二

百兩銀子心中喜悅番身走到銀庫上領了銀子回家告訴他母親自是母子俱喜次日五更賈芸先找了倪二還了銀子又拿了五十兩銀子出西門找到花兒匠方椿家裡去買樹不在話下且說寶玉自這日見了賈芸曾說過明日着他進來說話這原是富貴公子的口角那裡還記在心上因而便忘懷了這日晚上却從北靜王府裡回來見過賈母王夫人等回至園內換了衣服正要洗澡襲人因被薛寶釵煩了去打結子秋紋碧痕兩個去催水檀雲又因他母親病了接了出去麝月又現在家中病着還有幾個做粗活聽使喚的丫頭料是叫他不着都出去尋夥覓伴的去了不想這一刻的工夫只剩了寶玉在房

內偏生的寶玉要吃茶一連叫了兩三聲方見兩三個老婆子走進來寶玉見了連忙搖手說罷罷不用了老婆子們只得退出寶玉見沒了頭們只得自巳下來拿了碗向茶壺去倒茶只聽背後有人說道二爺仔細湯了手等我來倒一面說一面走上來接了碗去寶玉倒唬了一跳問你在那裡的忽然來了唬我一跳那丫頭一面遞茶一面笑着回道我在後院裡纔從裡間後門進來難道二爺就沒聽見脚步响寶玉一面吃茶一面仔細打量那丫頭穿着幾件半新不舊的衣裳倒是一頭黑鴉鴉的好頭髮挽着鬢兒容長臉面細巧身材却十分俏麗甜淨寶玉便笑問道你也是我這屋裡的人麼那丫頭道是的寶玉

道既是這屋裡的我怎麼不認得那丫頭聽說便冷笑一聲道不認得的也多呢豈止我一個從來我又不遞茶遞水拿東拿西眼前的事一件也做不着那裡認得呢寶玉道你爲什麼不做那眼前的事那丫頭道這話我也難說只是有一句話回二爺昨日有個什麼芸兒來找二爺我想二爺不得空兒便叫焙茗回他今日早起來不想二爺又往北府裡去了剛說到這句話只見秋紋碧痕唏唏哈哈的笑着進來兩個人共擡着一桶水一手撩衣裳趔趔趄趄潑潑撒撒的那丫頭便忙迎出去接那秋紋碧痕正對抱怨你濕了我的衣裳那個又說你端了我的鞋忽見走出一個人來接水二人看時不是別人原來是小

紅二人便都咤異將水放下忙進房看時並沒別人只有寶玉便心中俱不自在只得且預備下洗澡之物待寶玉脫了衣裳二人便帶上門出來走到那邊房內找着小紅問他方纔在屋裡做什麼小紅道我何曾在屋裡的只因我的手帕子不見了往後頭找去不想二爺要茶吃叫姐姐們一個也沒有是我進去倒了碗茶姐姐們便來了秋紋兜臉啐了一口道沒臉面的下流東西正經叫你催水去你說有事倒叫我們去你可做這個巧宗兒一里一里的這不上來了難道我們倒跟不上你麼你也拿那鏡子照照配遞茶遞水不配碧痕道明兒我說給他們凡要茶要水拿東西的事偺們都別動只叫他去便是了秋

紋道這麼說還不如我們散了单讓了他在這屋裡呢二人你一句我一句正鬧着只見有個老嬷嬷進來傳鳳姐的話說明日有人帶花兒匠來種樹叫你們嚴禁些衣服裙子別混曬混晾的那土山一帶都攔着圍幙可別混跑秋紋便問明日不知是誰帶進匠人來監工那老婆子道什麼後廊上的芸哥兒秋紋碧痕俱不知道只管混問別的話那小紅心內明白知是昨日外書房所見的那人了原來這小紅本姓林小名紅玉因玉字犯了寶玉黛玉的名便单喚他做小紅原來是府中世僕他父親現在收管各處田房事務這紅玉年十六進府當差把他派在怡紅院中倒也清幽雅靜不想後來命姊妹及寶玉等進

大觀園居住偏生這一所兒又被寶玉點了這小紅雖然是個不諳事體的丫頭因他原有三分容貌心內妄想向上攀高每每要在寶玉面前現弄現弄只是寶玉身邊一干人都是伶牙利爪的那裡插得下手去不想今日纔有些消息又遭秋紋等一場惡話心內早灰了一半正悶悶的忽然聽見老嬤嬤說起賈芸來不覺心中一動便悶悶回房睡在床上暗暗思量番來掉去正沒個抓尋忽聽窗外低低的叫道小紅你的手帕子我拾在這裡呢小紅聽了忙走出來看不是別人正是賈芸小紅不覺粉面含羞問道二爺在那裡拾着的賈芸笑道你過來我告訴你一面說一面就上來拉他那小紅轉身一跑却被門檻

拌倒要知端的下回分解

紅樓夢第二十四回終

紅樓夢第二十五回

魘魔法叔嫂逢五鬼　通靈玉蒙蔽遇雙真

話說小紅心神恍惚情思纏綿忽朦朧聽去遇見賈芸要拉他却回身一跑被門檻絆了一唬醒過來方知是夢因此翻來覆去一夜無眠至次日天明方纔起來就有幾個丫頭來會他去打掃房子地面提洗面水這小紅也不梳洗向鏡中胡亂挽了一挽頭髮洗了手腰中束一條汗巾便來打掃房屋誰知寶玉昨兒見了他也就留心若要指名喚他來使用一則怕襲人等多心二則又不知他是何性情因而納悶早晨起來也不梳洗只坐着出神一時下了牕子隔著紗屜子向外看的真切只見幾個丫頭打掃院子都擦胭抹粉插花帶柳的獨不見昨兒那一個寶玉便靸了鞋走出了房門只粧做看花東瞧西望一擡頭只見西南角上遊廊下欄干旁有一個人倚在那裡却為一株海棠花所遮看不真切前進一步仔細一看正是昨日那個丫頭在那裡出神要迎上去又不好意思正想着忽見碧痕來請他洗臉只得進去了不在話下却說小紅正自出神忽見襲人招手叫他只得走上前來襲人笑道我們的噴壺壞了你到林姑娘那邊借來一用小紅便走向瀟湘館去到翠烟橋抬頭一望只見山坡高處都攔着帷幙方想起今日有匠役在此種樹原來遠遠的一簇人在那裡掘土賈芸正坐在山子石上監

工小紅待要過去又不敢過去只得悄悄向瀟湘館取了噴壺而回無精打彩自向房內倒着衆人只說他是身子不快也不理論過了一日原來次日是王子騰夫人的壽誕那裡原打發人來請賈母王夫人的王夫人見賈母不去也便不去了倒是薛姨媽同着鳳姐兒並賈家三個姊妹寶釵寶玉一齊都去了至晚方回王夫人正過薛姨媽房裡坐着見賈環下了學命他去抄金剛經咒唪誦那賈環便來到王夫人炕上坐着命人點了蠟燭拿腔做勢的抄寫一時又叫彩雲倒杯茶來一時又叫玉釧剪蠟花又說金釧擋了燈亮兒衆丫鬟們素日厭惡他都不答理他只有彩霞還和他合得來倒了茶與他因向他悄悄的道你安分些罷何苦討人厭賈環把眼一瞅道我也知道你別哄我如今你和寶玉好不大理我我也看出來了彩霞咬著牙向他頭上戳了一指頭道沒良心的狗咬呂洞賓不識好歹兩人正說只見鳳姐同着王夫人都過來了王夫人便一長一短問他今日是那幾位堂客戲文好歹酒席如何不多時寶玉也來了見了王夫人也規規矩矩說了幾句話便命人除去了抹額脫了袍服拉了靴子便一頭滾在王夫人懷裡王夫人便用手摩挲撫弄他寶玉也扳著王夫人的脖子說長說短王夫人道我的兒又吃多了酒臉上滾熱的你還只是揉搓一會子鬧上酒來還不在那裡靜靜的躺一會子去呢說著便叫人拿

枕頭寶玉因就在王夫人身後倒下又叫彩霞來替他拍著寶玉便和彩霞說笑只見彩霞淡淡的不大答理兩眼只向著賈環寶玉便拉他的手說道好姐姐你也理我理兒一面說一面拉他的手彩霞奪手不肯便說再鬧就嚷了二人正鬧著原來賈環聽見了素日原恨寶玉今見他和彩霞頑耍心上越發按不下這口氣因一沉思計上心來故作失手將那一盞油汪汪的臘燭向寶玉臉上只一推只聽寶玉噯喲的一聲滿屋裡人都唬一跳連忙將地下的臺燈移過來一照只見寶玉滿臉是油王夫人又氣又急一面命人替寶玉擦洗一面罵賈環鳳姐三步兩步上炕去替寶玉收拾著一面說道老三還是這樣毛

腳雞似的我說你上不得臺盤趙姨娘平時也該教導教導他一句話提醒了王夫人遂叫過趙姨娘來罵道養出這樣黑心種子來也不教訓教訓幾番幾次我都不理論你們一發得了意了一發上來了那趙姨娘只得忍氣吞聲也上去幫著他們替寶玉收拾只見寶玉左邊臉上起了一溜燎炮幸而沒傷眼睛王夫人看了又心疼又怕賈母問時難以回答急的又把趙姨娘罵一頓又安慰了寶玉一面取了敗毒散來敷上寶玉說有些疼還不妨事明日老太太問只說我自己燙的就是了鳳姐道便說自己燙的也要罵人不小心橫豎有一塲氣的王夫人命人好生送了寶玉回房去襲人等見了都慌的了不得林

黛玉見寶玉出了一天的門便悶悶的晚間打發人來問了兩三遍知道燙了便親自赶過來只瞧見寶玉自已拿鏡子照呢左邊臉上滿滿的敷了一臉藥林黛玉只當十分燙得利害忙近前瞧瞧寶玉却把臉遮了摇手叫他出去知他素性好潔故不要他瞧黛玉也就罷了但問他疼得怎樣寶玉道也不狠疼養一兩日就好了林黛玉坐了一會回去了次日寶玉見了賈母雖自已承認自已燙的賈母免不得又把跟從的人罵了一頓過了一日有寶玉寄名的乾娘馬道婆到府裡來見了寶玉唬了一大跳問其緣由說是湯的便點頭歎息一面向寶玉臉上用指頭畫了幾畫口內嘟嘟囔囔的又咒誦了一回說道包

管好了這不過是一時飛灾又向賈母道老祖宗老菩薩那裡知道那佛經上說的利害大凡王公卿相人家的子弟只一生長下來暗裡便有許多促俠鬼跟着他得空便擰他一下或掐他一下或吃飯時打下他的飯碗來或走著推他一跤所以往往的那些大家子孫多有長不大的賈母聽如此說便問這有什麼佛法解釋没有呢馬道婆便說道這個容易只是多替他做些因果善事也就罷了再那經上還說西方有位大光明普照菩薩專管照耀陰暗邪祟若有善男信女虔心供奉者可以永保兒孫康寧再無撞客邪祟之灾賈母道倒不知怎麼供奉這位菩薩馬道婆說也不值什麼不過除香燭供奉以外一天

多添幾觔香油點了個大海燈這海燈便是菩薩現身法像晝夜不敢息的賈母道一天一夜也得多少油我也做個好事馬道婆說這也不拘多少隨施主愿心像我家裡就有好幾處的王妃誥命供奉的南安郡王府裡太妃他許的愿心大一天是四十八觔油一觔燈草那海燈也只比缸略小些錦鄉侯的誥命次一等一天不過二十觔油再有幾家或十觔八觔三觔五觔的不等也少不得要替他點賈母點頭思忖馬道婆道還有一件若是為父母尊長的多捨些不妨若老祖宗為寶玉若捨多了怕哥兒擔不起反折了福要捨大則七觔小則五觔也就是了賈母道既是這樣說便一日五觔每月打總兒來關了去

馬道婆道阿彌陀佛慈悲大菩薩賈母又叫人來分咐以後寶玉出門拿幾串錢交給他小子們一路施捨與僧道貧苦之人說畢那道婆便往各房問安閒逛去了一時來到趙姨娘房裡二人見過趙姨娘命小丫頭倒茶給他吃趙姨娘正粘鞋呢馬道婆見炕上堆著些零星紬緞因說我正沒有鞋面子奶奶給我些零碎紬子緞子不拘顏色做雙鞋穿罷趙姨娘歎口氣道你瞧那裡頭還有塊成樣的麼就有好東西也到不了我這裡你不嫌不好挑兩塊去就是了馬道婆便挑了幾塊掖在懷裡趙姨娘又問前日我打發人送了五百錢去你可在藥王面前上了供沒有馬道婆道早已替你上了供了趙姨娘歎氣道阿

彌陀佛我手裡但凡從容些也時常來上供只是心有餘而力不足馬道婆道你只放心將來熬的環哥大了得了一官半職那時你要做多大功德還怕不能麽趙姨娘聽了笑道罷罷再別提起如今就是榜樣兒我們娘兒們跟的上這屋裡那一個兒寶玉兒還是小孩子家長的得人意兒大人偏疼他些兒也還罷了我只不伏這個主兒一面說一面伸了兩個指頭馬道婆會意便問道可是璉二奶奶趙姨娘唬的忙摇手起身掀簾子一看見無人方回身向道婆說了不得了不得提起這個主兒這一分家私要不都叫他搬了娘家去我也不是個人馬道婆見說便探他的口氣道我還用你說難道都看不出來也虧

你們心裡也不理論只憑他去倒也好趙姨娘道我的娘不憑他去難道誰還敢把他怎麽樣呢馬道婆道不是我說句造孽的話你們沒本事也難怪明裡不敢怎樣暗裡也筭計了還等到如今趙姨娘聞聽這話裡有話心內暗暗的歡喜便說道怎麽暗裡筭計我倒有個心只是沒這樣的能幹人你若教給我這法子我大大的謝你馬道婆聽了這話打攏了一處便又故意說道阿彌陀佛你快休問我我那裡知道這些事罪罪過過的趙姨娘道你又來了你是最肯濟困扶危的人難道就眼睜睜的看人家來擺佈死了我們娘兒兩個不成難道還怕我不謝你麽馬道婆聽如此便笑道若說我不忍你們娘兒兩個受

別人委曲還猶可若說謝我還想你們什麼東西麼趙姨娘聽這話鬆動了些便說你這麼個明白人怎麼糊塗了果然法子靈驗把他兩人絕了這家私還怕不是我們的那時候你要什麼不得呢馬道婆聽了低頭半日說那時節事情妥當了又無憑據你還理我呢趙姨娘說這有何難我攢了幾兩體己還有些衣服首飾你先拿幾樣去我再寫個欠銀文契給你到那時我照數給你馬道婆道使得趙姨娘將一個小丫頭也支開連忙開了箱櫃將衣服首飾拿了些出來並體己散碎銀子又寫了五十兩一張欠約遞與馬道婆道你先拿去作個供養馬道婆見了這些東西又有欠字遂不顧青紅皂白滿口應承伸手

先將銀子拿了然後收了欠契向趙姨娘要了張紙拿剪子鉸了兩個紙人兒遞與趙姨娘教把他二人的年庚寫在上面又找了一張藍紙鉸了五個青面鬼叫他併在一處拿針釘了我在家中作法自有效驗的說完忽見王夫人的丫頭進來道奶奶可在這裡太太等你呢二人散了不在話下却說林黛玉因寶玉燙了臉不大出門倒時常在一處說閒話兒這日飯後看了兩篇書又同紫鵑等作了一會針線總悶悶不舒一同信步出來看庭前纔迸出的新笋不覺出了院門來到園中四望無人惟見花光鳥語信步便往怡紅院來只見幾個丫頭舀水都在迴廊上看畫眉洗澡呢聽見房內笑聲原來是李宮裁鳳姐

走了趙周兩人也辭了出去寶玉道我不能出去你們好歹別叫舅母進來又說林妹妹你略站一站與你說句話鳳姐聽了回頭向林黛玉道有人叫你說話呢便把林黛玉往後一推和李紈一同去了這裡寶玉拉了黛玉的手只是笑又不說話黛玉不覺又紅了臉掙着要走寶玉道噯喲好頭疼黛玉道該阿彌陀佛寶玉大叫一聲將身一跳離地有三四尺高口內亂嚷盡是胡話黛玉並衆丫鬟都唬慌了忙報知王夫人與賈母此時王子騰的夫人也在這裏都一齊來看寶玉一發拿刀弄杖尋死覔活的鬧的天翻地覆賈母王夫人一見唬的抖衣亂戰兒一聲肉一聲放聲大哭于是驚動了衆人連賈赦邢夫人賈

珍賈政並璉蓉芸萍薛姨媽薛蟠並周瑞家的一干家中上下人等並丫鬟媳婦等都來園內看視登時亂麻一般正沒個主意只見鳳姐手持一把明晃晃的刀砍進園來見鷄殺鷄見犬殺犬見了人瞪著眼就要殺人衆人一發慌了周瑞媳婦帶著幾個力大的女人上去抱住奪了刀抬回房中平兒豐兒等哭的哀天叫地賈政也心中着忙當下衆人七言八語有說送祟的有說跳神的有荐玉皇閣張道士捉怪的整鬧了半日祈求禱告百般醫治並不見好日落後王子騰夫人告辭去了次日王子騰也來問候接着小史侯家邢夫人弟兄並各親戚都來瞧看也有送符水的也有荐僧道的也有荐醫的他叔嫂二人

一發糊塗不省人事身熱如火在床上亂說到夜裡更甚因此那些婆子丫鬟不敢上前故將他叔嫂二人都搬到王夫人的上房內著人輪班守視賈母王夫人邢夫人並薛姨媽寸步不離只圍着哭此時賈赦賈政又恐哭壞了賈母日夜熬油費火鬧的上下不安賈赦還各處去尋覓僧道賈政見不效驗因阻賈赦道兒女之數總由天命非人力可强他二人之病百般醫治不效想是天意該如此也只好由他去賈赦不理仍是百般忙亂看看三日光陰那鳳姐寶玉躺在床上連氣息都微了合家都說沒了指望了忙的將他二人的後事都治備下了賈母王夫人賈璉平兒襲人等更哭的死去活來只有趙姨娘外面假作憂愁心中稱願至第四日早寶玉忽睜開眼向賈母說道從今已後我可不在你家了快打發我走罷賈母聽見這話如同摘了心肝一般趙姨娘在旁勸道老太太也不必過於悲痛哥兒已是不中用了不如把哥兒的衣服穿好讓他早些回去也免他受些苦只管捨不得他這口氣不斷他在那里也受罪不安這些話沒說完被賈母照臉啐了一口唾沫罵道爛了舌頭的混賬老婆怎麽見得不中用了你願意他死了有什麽好處你別作夢他死了我只合你們要命都是你們素日調唆着逼他念書寫字把胆子唬破了見了他老子就像個避猫鼠兒一樣都不是你們這起小婦調唆的這會子逼死了他你們就

隨了心了我饒那一個一面哭一面罵賈政在傍聽見這些話心裡越發着急忙喝退了趙姨娘委宛勸解了一番忽有人來回兩口棺木都做齊了賈母聞之如刀刺心一發哭着大罵問是誰叫做的棺材快把做棺材的人拿來打死鬧了個天翻地覆忽聽見空中隱隱有木魚聲念了一句南無解冤解結菩薩有那人口不利家宅不安中邪祟逢凶險的我們善醫治賈母王夫人便命人向街上找尋去原來是一個癩和尚同一個跛道士那和尚是怎的模樣

鼻如懸胆兩眉長　目似明星有寶光
破衲芒鞋無住跡　腌臢更有一頭瘡

那道人是如何模樣

一足高來一足低　渾身帶水又拖泥
相逢若問家何處　却在蓬萊弱水西

賈政因命人請了進來問他二人在何山修道那僧笑道長官不消多話因知府上人口欠安特來醫治的賈政道有兩個人中了邪不知有何方可治那道人笑道你家現有希世之寶可治此病何須問方賈政心中便動了因道小兒生時雖帶了一塊玉來上面刻著能除凶邪然亦未見靈效那僧道長官有所不知那寶玉原是靈的只因爲聲色貨利所迷故此不靈了你今將此寶取出來待我持誦持誦就依舊靈了賈政便向寶玉

項上取下那塊玉來遞與他二人那和尚擎在掌上長歎一聲道青硬峰下別來十三載矣人世光陰迅速塵緣未斷奈何奈何可羨你當日那段好處

天不拘兮地不羈　心頭無喜亦無悲
只因鍛煉通靈後　便向人間惹是非

可惜今日這番經歷呀

粉漬脂痕污寶光　房櫳日夜困鴛鴦
沉酣一夢終須醒　冤債償清好散場

念畢又摩弄了一回說了些瘋話遞與賈政道此物已靈不可褻瀆懸於臥室上檻除自己親人外不可令陰人沖犯三十三日之後包管好了賈政忙命人讓茶那二人已經走了只得依言而行鳳姐寶玉果一日好似一日的漸漸醒來知道餓了賈母王夫人纔放了心衆姊妹都在外間聽消息黛玉先念一聲佛寶釵笑而不言惜春道寶姐姐笑什麽寶釵道我笑如來佛比人還忙又要度化衆生又要保佑人家病痛都叫他速好又要管人家的婚姻叫他成就你說可忙不忙可好笑不好笑一時林黛玉紅了臉啐了一口道你們都不是好人再不跟着好人學只跟著鳳丫頭學的貧嘴一面說一面掀簾子出去了欲知端詳下回分解

紅樓夢第二十五回

紅樓夢第二十六回

蜂腰橋設言傳心事　　瀟湘館春困發幽情

話說寶玉養過了三十三天之後不但身體強壯亦且連臉上瘡痕平復仍回大觀園去這也不在話下且說近日寶玉病的時節賈芸帶著家下小廝坐更看守晝夜在這裡那小紅同衆丫鬟也在這裡守著寶玉彼此相見多日都漸漸混熟了小紅見賈芸手裡拿著手帕子倒像是自巳從前掉的待要問他又不好問的不料那和尚道士來過用不著一切男人賈芸仍種樹去了這件事待放下又放不下待要問去又怕人猜疑正是猶豫不决神魂不定之際忽聽窗外問道姐姐在屋裡沒有小

紅聞聽在窗眼內望外一看原來是本院的個小丫頭名叫佳蕙的因答說在家裡呢你進來罷佳蕙聽了跑進來就坐在床上笑道我好造化纔在院子裡洗東西寶玉叫往林姑娘那裡送茶葉花大姐姐交給我送去可巧老太太給林姑娘送錢來正分給他們的丫頭們呢見我去了林姑娘就抓了兩把給我也不知多少你替我收著便把手帕子打開把錢倒了出來小紅就替他一五一十的數了收起佳蕙道你這一陣子心裡到底覺怎麼樣依我說你竟家去住兩日請一個大夫來瞧瞧吃兩劑藥就好了小紅道說那裡的話好好的家去做什麼佳蕙道我想起來了林姑娘生的弱時常他吃藥你就和他要些來

吃也是一樣小紅道胡說藥也是混吃的佳蕙道你這也不是個長法兒又懶吃懶喝的終久怎麼樣小紅道怕什麼還不如早些死了到干净佳蕙道好好的怎麼說這些話小紅道你那裡知道我心中的事佳蕙點頭想了一會道可也怨不得你這個地方本也難站就像昨兒老太太因寶玉病了這些日子說伏侍的人都辛苦了如今身上好了各處還香了愿教把跟著的人都按著等兒賞他們我們算年紀小上不去我也不抱怨像你怎麼也不算在裡頭我心裡就不服襲人那怕他得十分兒也不惱他原該的說句良心話誰還能比他呢別說他素日殷勤小心便是不殷勤小心也拼不得只可氣晴雯綺霞他們

這幾個都算在上等裡去仗著老子娘的臉面衆人倒捧著他去你說可氣不可氣小紅道也不犯著氣他們俗語說的千里搭長棚沒有個不散的筵席誰守一輩子呢不過三年五載各人幹各人的去了那時誰還管誰呢這兩句話不覺感動了佳蕙心腸由不得眼圈兒紅了又不好意思無端的哭只得勉强笑道你這話說的是昨兒寶玉還說明兒怎麼樣收拾房子怎麼樣做衣裳倒像有幾百年的熬煎小紅聽了冷笑兩聲方要說話只見一個未留頭的小丫頭走進來手裡拿着些花樣子幷兩張紙說道這兩個花樣子叫你描出來呢說着向小紅擲下回轉身就跑了小紅向外問道倒底是誰的也等不的說完

就跑誰蒸下饅頭等著你怕冷了不成那小丫頭在窗外只說得一聲是綺大姐姐的抬起脚來咕咚咕咚又跑了小紅便賭氣把那樣子擲在一邊向抽屜內找筆找了半天都是禿了的因說道前兒一枝新筆放在那裡了怎麼想不起來一面說一面出神想了一回方笑道是了前兒晚上鶯兒拿了去了便向佳蕙道你替我取了來佳蕙道花大姐姐還等着我替他拿箱子你自取去罷小紅道他等着你你還坐着閒打牙兒我不叫你取去他也不等你了壞透了的小蹄子說着自己便出房來出了怡紅院一逕往寶釵院內來剛至沁芳亭畔只見寶玉的奶娘李嬤嬤從那邊來小紅立住笑問道李奶奶你老人家那裡去了怎麼打這裡來李嬤嬤站住將手一拍道你說好好的又看上了那個什麼雲哥兒雨哥兒的這會子逼着我叫了他來明兒叫上房裡聽見可又是不好小紅笑道你老人家當真的就信着他去叫麼李嬤嬤道可怎麼樣呢小紅笑道那一個要是知好歹就回不進來纔是李嬤嬤道他又不傻為什麼不進來小紅道既是進來你老人家該別同他一齊兒來回來叫他一個人亂碰可是不好麼李嬤嬤道我有那們大工夫和他走不過告訴了他回來打發個小丫頭子或是老婆子帶進他來就完了說着拄着拐一逕去了小紅聽說便站着出神且不去取筆不多時只見一個小丫頭跑來見小紅站在那裡便問

道紅姐姐你在這裡作什麼呢小紅擡頭見是小丫頭子墜兒小紅道那裡去墜兒道叫我帶進芸二爺來說著一逕跑了這裡小紅剛走至蜂腰橋門前只見那邊墜兒引著賈芸來了那賈芸一面走一面拿眼把小紅一溜那小紅只粧着和墜兒說話也把眼去一溜賈芸四目恰好相對小紅不覺把臉一紅一扭身往蘅蕪苑去了不在話下這裡賈芸隨着墜兒逶迤來至怡紅院中墜兒先進去回明了然後方領賈芸進去賈芸看時只見院內略略有幾點山石種着芭蕉那邊有兩隻仙鶴在松樹下剔翎一溜迴廊上吊著各色籠子各色仙禽異鳥上面小小五間抱厦一色雕鏤新鮮花樣槅扇上面懸著一個匾四個

大字題道是怡紅快綠賈芸想道怪道叫怡紅院原來匾上是這四個字正想着只聽裡面隔著紗窗子笑說道快進來罷我怎麼就忘了你兩三個月賈芸聽見是寶玉的聲音連忙進入房內抬頭一看只見金碧輝煌文章燗爍却看不見寶玉在那裡一回頭只見左邊立着一架大穿衣鏡從鏡後轉出兩個一對兒十五六歲的丫頭來說請二爺裡頭屋裡坐賈芸連正眼也不敢看連忙答應了又進一道碧紗厨只見小小一張填漆床上懸着大紅銷金撒花帳子寶玉穿着家常衣服靸着鞋倚在床上拿着本書看見他進來將書擲下早帶笑立起身來賈芸忙上前請了安寶玉讓坐便在下面一張椅子上坐了寶玉

笑道只從那個月見了你我叫你往書房裡來誰知接接連連許多事情就把你忘了賈芸笑道總是我沒福偏偏又遇着叔叔欠安叔叔如今可大安了寶玉道大好了我倒聽見說你辛苦了好幾天賈芸道辛苦也是該當的叔叔大安了也是我們一家子的造化說着只見有個丫鬟端了茶來與他那賈芸口裡和寶玉說話眼睛却瞅那丫鬟細挑身子容長臉兒穿着銀紅襖兒青緞子背心白綾細摺兒裙子那賈芸只從寶玉病了他在裡頭混了兩天都把有名人口記了一半他看見這丫鬟知道是襲人他在寶玉房中比別人不同如今端了茶來寶玉又在傍邊坐着便忙站起來笑道姐姐怎麼替我倒起茶來我

來到叔叔這裡又不是客讓我自己倒罷了寶玉道你只管坐着罷丫頭們跟前也是這樣賈芸笑道雖如此說叔叔房裡姐姐們我怎麼敢放肆呢一面說一面坐下吃茶那寶玉便和他說些沒要緊的散話又說道誰家的戲子好誰家的花園好又告訴他誰家的丫頭標緻誰家的酒席豐盛又是誰家有奇貨又是誰家有異物那賈芸口裡只得順着他說說了一回見寶玉有些懶懶的了便起身告辭寶玉也不甚留只說你明兒閑了只管來仍命小丫頭子墜兒送出去了出了怡紅院賈芸見四顧無人便脚步慢慢的停着些走口裡一長一短和墜兒說話先問他幾歲了名字叫什麼你父母在那行上在寶叔房內

幾年了一個月多少錢共總寶叔房內有幾個女孩子那墜兒見問便一樁樁的都告訴他了賈芸又道纔剛那個與你說話的他可是叫小紅墜兒笑道他就叫小紅你問他作什麼賈芸道方纔他問你什麼手帕子我倒揀了一塊墜兒聽了笑道他問了我好幾遍可有看見他的帕子的我那麼大工夫管這些事今兒他又問我他說我替他找著了他還謝我呢纔在蘅蕪院門口說的二爺也聽見了不是我撒謊好二爺你既揀了給我罷我看他拿什麼謝我原來上月賈芸進來種樹之時便揀了一塊羅帕知是這園內的人失落的但不知是那一個人的故不敢造次今聽見小紅問墜兒知是他的心內不勝喜幸又

見墜兒追索心中早得了主意便向袖內將自己的一塊取了出來向墜兒笑道我給是給你你若得了他的謝禮可不許瞞我的墜兒滿口裡答應了接了手帕子送出賈芸回來找小紅不在話下如今且說寶玉打發賈芸去後意思懶懶的歪在床上似有朦朧之態襲人便走上來坐在床沿上推他說道怎麼又要睡覺你悶的狠出去逛逛不好寶玉見說攜着他的手笑道我要去只是捨不得你襲人笑道快起來罷一面說一面拉了寶玉起來寶玉道可往那裡去呢怪膩膩煩煩的襲人道你出去了就好了只管這麼葳蕤越發心裡膩煩了寶玉無精打彩只得依他晃出了房門在廻廊上調弄了一回雀兒出至院

外順着沁芳溪看了一回金魚只見那邊山坡上兩隻小鹿箭也似的跑來寶玉不解何意正自納悶只見賈蘭在後面拿着一張小弓兒追了下來一見寶玉在前便站住了笑道二叔叔在家裡呢我只當出門去了寶玉道你又淘氣了好好的射他做什麼賈蘭笑道這會子不念書閒着做什麼所以演習演習騎射寶玉道把牙磕了那時候纔不演呢說着順着腳一逕來至一個院門前鳳尾森森龍吟細細却是瀟湘館寶玉信步走入只見湘簾垂地悄無人聲走至窗前覺得一縷幽香從碧紗窗中暗暗透出寶玉便將臉貼在紗窗上往裡看時耳內忽聽得細細的長歎了一聲道每日家情思睡昏昏寶玉聽了不覺心內癢將起來再看時只見黛玉在床上伸懶腰寶玉在窗外笑道為什麼每日家情思睡昏昏的一面說一面掀簾子進來了黛玉自覺忘情不覺紅了臉拿袖子遮了臉翻身向裡裝睡着了寶玉纔走上來要扳他的身子只見黛玉的奶娘並兩個婆子却跟了進來說妹妹睡覺呢等醒來再請罷剛說着黛玉便翻身坐了起來笑道誰睡覺呢那兩三個婆子見黛玉起來便笑道我們只當姑娘睡着了說着便叫紫鵑說姑娘醒了進來伺候一面說一面都去了黛玉坐在床上一面抬手整理鬢髮一面笑向寶玉道人家睡覺你進來做什麼寶玉見他星眼微餳香腮帶赤不覺神魂早蕩一歪身坐在椅子上笑道你纔

說什麼黛玉道我没說什麼寶玉笑道給你個榧子吃呢我都聽見了二人正說話只見紫鵑進來寶玉笑道紫鵑把你們的好茶倒碗我吃紫鵑道那裡有好的呢要好的只好等襲人來黛玉道別理他你先給我舀水去罷紫鵑道他是客自然先倒了茶來再舀水去說着倒茶去了寶玉笑道好丫頭若共你多情小姐同鴛帳怎捨得叫你疊被鋪床林黛玉登時撂下臉來說道二哥哥你說什麼寶玉笑道我何嘗說什麼黛玉便哭道如今新興的外頭聽了村話來也說給我聽看了混賬書也拿我取笑兒我成了替爺們解悶兒的一面哭一面下床來往外就走寶玉不知要怎樣心下慌了忙趕上來說好妹妹我一時該死你別告訴去我再敢說這樣話嘴上就長個疔爛了舌頭正說着只見襲人走來說道快回去穿衣服老爺叫你呢寶玉聽了不覺打了個焦雷一般也顧不得別的疾忙回來穿衣服出園來只見焙茗在二門前等着寶玉問道你可知道叫我是為什麼焙茗道爺快出來罷横豎是見去的到那裡就知道了一面說一面催着寶玉轉過大廳寶玉心裡還自狐疑只聽墻角邊一陣呵呵大笑回頭見薛蟠拍着手跳了出來笑道要不說姨父叫你你那裡肯出來的這麼快焙茗也笑着跪下了寶玉怔了半天方解過來是薛蟠哄他出來薛蟠連忙打恭作揖陪不是又求不要難為了小子都是我央他去的寶玉也無法

了只好笑問道你哄我也罷了怎麽說我父親呢我告訴姨娘
去評評這個理可使得麽薛蟠忙道好兄弟我原爲求你快些
出來就忘了忌諱這句話改日你要哄我也說我父親就完了
寳玉道噯喲越發的該死了又向焙茗道反叛肏的還跪著做
什麽焙茗連忙叩頭起來薛蟠道要不是我也不敢驚動只因
明兒五月初三日是我的生日誰知古董行的程日興他不知
那裡尋了來的這麽粗這麽長粉脆的鮮藕這麽大的西瓜這
麽長這麽大一個暹羅國進貢的靈柏香燻的暹羅猪魚你說
這四様禮物可難得不難得那魚猪不過貴而難得這藕和瓜
虧他怎麽種出來的我連忙孝敬了母親赶著給你們老太太

姨母送了些去如今留了些我要自已吃恐怕折福左思右想
除我之外惟你還配吃所以特請你來可巧唱曲兒的一個小
子又來了我同你樂一日何如一面說一面來至他書房裡只
見詹光程日興胡斯來單聘仁等并唱曲兒的都在這裡見他
進來請安的問好的都彼此見過了吃了茶薛蟠卽命人擺酒
來說猶未了衆小厮七手八脚擺了半天方纔停當歸坐寳玉
果見瓜藕新異因笑道我的壽禮還未送來倒先擾了薛蟠道
可是呢你明兒來拜壽打筭送什麽新鮮禮物寳玉道我沒有
什麽送的若論銀錢穿吃等類的東西究竟還不是我的惟有
寫一張字或畫一張畫這筭是我的薛蟠笑道你提畫兒我纔

想起來了昨兒我看人家一本春宮兒畫的着實好上面還有許多的字我也沒細看只看落的欵原來是什麼庚黃的眞好的了不得寶玉聽說心下猜疑道古今字畫也都見過些那裡有個庚黃想了半天不覺笑將起來命人取過筆來在手心裡寫了兩個字又問薛蟠道你看眞了是庚黃麽薛蟠道怎麽看不眞寶玉將手一撒與他看道可是這兩個字罷其實與庚黃相去不遠衆人都看時原來是唐寅兩個字都笑道想必是這兩字大爺一時眼花了也未可知薛蟠自覺沒意思笑道誰知他是糖銀是菓銀的正說著小厮來回馮大爺來了寶玉便知是神武將軍馮唐之子馮紫英來了薛蟠等一齊都叫快請說猶未了只見馮紫英一路說笑已進來了衆人忙起席讓坐馮紫英笑道好呀也不出門了在家裡高樂罷寶玉薛蟠都笑道一向少會老世伯身上康健紫英答道家父倒也托庇康健近來家母偶著了些風寒不好了兩天薛蟠見他面上有些青傷便笑道這臉上又和誰揮拳來掛了幌子了馮紫英笑道從那一遭把仇都尉的兒子打傷了我記了再不慪氣如何又揮拳這個臉上是前日打圍在鐵網山教兔鶻梢了一翅膀寶玉道幾時的話紫英道三月二十八日去的前兒也就回來了寶玉道怪道前兒初三四兒我在沈世兄家赴席不見你呢我要問不知怎麼忘了單你去了還是老世伯也去了紫英道可不是

家父去我没法兒去罷了難道我閑瘋了偺們幾個人吃酒聽唱的不樂尋那個苦惱去這一次大不幸之中却有大幸薛蟠衆人見他吃完了茶都說道且入席有話慢慢的說馮紫英聽說便立起身來說道論理我該陪飲幾杯纔是只是今兒有一件大大要緊事回去還要見家父面回實不敢領薛蟠寶玉衆人那裡肯依死拉着不放馮紫英笑道這又奇了你我這些年那一回有這個道理的果然不能遵命若必定叫我領拿大杯來我領兩杯就是了衆人聽說只得罷了薛蟠執壺寶玉把盞斟了兩大海那馮紫英站着一氣而盡寶玉道你到底把這個不幸之幸說完了再走馮紫英笑道今兒說的也不盡興我爲

這個還要特治一個東兒請你們去細談一談二則還有奉懇之處說著撒手就走薛蟠道越發說的人熱剌剌的丟不下多早晚纔請我們告訴了也免的人猶豫馮紫英道多則十日少則八天一面說一面出門上馬去了衆人回來依席又飲了一回方散寶玉回至園中襲人正記掛着他去見賈政不知是禍是福只見寶玉醉醺醺回來因問其原故寶玉一一向他說了襲人道人家牽腸掛肚的等着你且高樂去也到底打發個人來給個信兒寶玉道我何嘗不要送信兒因馮世兄來了就混忘了正說着只見寶釵走進來笑道偏了我們新鮮東西了寶玉笑道姐姐家的東西自然先偏了我們了寶釵搖頭笑道昨

兒哥哥倒特特的請我吃我不吃我叫他留着送與別人罷我知道我的命小福薄不配吃那個說着丫鬟倒了茶來吃茶說閒話兒不在話下却說那林黛玉聽見賈政叫了寶玉去了一日不回來心中也替他憂慮至晚飯後聞得寶玉來了心裡要找他問問是怎麼樣了一步步行來見寶釵進寶玉的園內去了自已也隨後走了來剛到了沁芳橋只見各色水禽盡都在池中浴水也認不出名色來但見一個個文彩炳灼好看異常因而站住看了一回再往怡紅院來門已關了黛玉卽便叫門誰知晴雯和碧痕二人正拌了嘴沒好氣忽見寶釵來了那晴雯正把氣移在寶釵身上正在院內報怨說有事沒事跑了來

坐着叫我們三更半夜的不得睡覺忽聽又有人叫門晴雯越發動了氣也並不問是誰便說道都睡下了明兒再來罷林黛玉素知丫頭們的情性他們彼此頑耍慣了恐怕院內的丫頭沒聽見是他的聲音只當別的丫頭們了所以不開門因而又高聲說道是我還不開門麼晴雯偏生還沒聽見便使性子說道憑你是誰二爺吩咐的一概不許放人進來呢林黛玉聽了不覺氣怔在門外待要高聲問他逗起氣來自已又回思一番雖說是舅母家如同自已家一樣到底是客邊如今父母雙亡無依無靠現在他家依栖如今認眞慪氣也覺沒趣一面想一面又滾下淚珠來了正是回去不是站着不是正沒主意只聽

裡面一陣笑語之聲細聽一聽竟是寶玉寶釵二人林黛玉心中越發動了氣左思右想忽然想起早起的事來必竟是寶玉惱我告他的原故但只我何嘗告你去了你也不打聽打聽就惱我到這步田地你今兒不叫我進來難道明兒就不見面了越想越傷感起來也不顧蒼苔露冷花徑風寒獨立墻角邊花陰之下悲悲切切嗚咽起來原來這林黛玉秉絶代姿容具稀世俊美不期這一哭那附近柳枝花朶上宿鳥棲鴉一聞此聲俱忒楞楞飛起遠避不忍再聽正是花魂點點無情緒鳥夢痴痴何處驚因有一首詩道

顰兒才貌世應稀　獨抱幽芳出繡閨
嗚咽一聲猶未了　落花滿地鳥驚飛

那林黛玉正自啼哭忽聽吱嘍一聲院門開處不知是那一個出來要知端的下回分解

紅樓夢第二十六回終